SÉANCE DE L'ACADÉMIE FRANÇAISE DU 5 JUIN 1873.

DISCOURS DE RÉCEPTION

DE

M. LITTRÉ

RÉPONSE

DE

M. DE CHAMPAGNY

DIRECTEUR DE L'ACADÉMIE FRANÇAISE

PARIS

LIBRAIRIE ACADÉMIQUE

DIDIER ET Cie, LIBRAIRES-ÉDITEURS

35, QUAI DES AUGUSTINS

DISCOURS

DE

M. LITTRÉ

Paris. — Typographie Georges Chamerot, rue des Saints-Pères, 19.

DISCOURS

DE

M. LITTRÉ

PRONONCÉ

A L'ACADÉMIE FRANÇAISE

le jour de sa réception 5 juin 1873.

PARIS

LIBRAIRIE ACADÉMIQUE

DIDIER ET Cie, LIBRAIRES-ÉDITEURS

35, QUAI DES AUGUSTINS

1873

DISCOURS

DE

M. LITTRÉ

Messieurs,

J'avais hâte de paraître dans cette enceinte et de vous témoigner ma profonde reconnaissance. Et pourtant j'en ai volontairement retardé le moment. Chacun a son point d'honneur; le mien a été de ne vous remercier qu'après avoir terminé jusqu'à la dernière ligne le travail pour lequel vous m'avez admis dans votre illustre compagnie. Toute œuvre de longue durée, qui n'est pas achevée, peut ne jamais l'être. Je ne suis plus exposé à ce mécompte. Il est vrai que j'arrive âgé au terme de mon labeur; mais cela même n'est pas sans une paisible satisfaction, celle que La Fontaine prête à son vieux planteur d'arbre.

Quand l'Académie, il y a maintenant plus de deux

siècles, entreprenait son dictionnaire, elle faisait une œuvre qui fut et demeure excellente. Mais le temps marche, les recherches s'accumulent, les méthodes se renouvellent, et l'on en vient à demander aux langues leur histoire, leur étymologie et, si je puis ainsi parler, toutes les pièces qui constatent à chaque période leur état civil. Quand les fruits sont ainsi mûris, il n'est pas difficile de les cueillir. Naturellement, un homme qui appartenait depuis plusieurs années à l'Académie des inscriptions conçut le projet d'unir le passé de la langue à son présent; et il ne fallut plus pour cela que de la patience qui ne manque guère aux érudits, et du temps qui manque parfois aux jeunes.

En 1835, M. Villemain terminait la préface de la dernière édition de votre Dictionnaire par ces mots : « Sans confondre l'usage et l'archaïsme, sans préten- « dre renouveler la langue en la vieillissant, on peut « en rechercher l'histoire dans un travail qui, profi- « tant des notions nouvelles acquises à la science « étymologique, marquerait la filiation graduelle, les « transformations de chaque terme, et le suivrait « dans toutes les nuances d'acception, en les justi- « fiant par des exemples empruntés aux diverses épo- « ques et à toutes les autorités du langage littéraire. « Le premier essai de quelque partie d'un tel recueil « pourra seul en montrer tout le piquant intérêt et « l'utile nouveauté. » L'utile nouveauté et le piquant intérêt! Me permettra-t-on de me faire ma part dans ce présage de votre secrétaire perpétuel? Je n'hésite pas à revendiquer l'utile nouveauté pour mon œuvre.

Quant au piquant intérêt, M. Villemain lui-même m'a dégagé de tout embarras, en s'en remettant aux lecteurs, et en se demandant s'il y a des lecteurs de dictionnaires.

Cette préface ingénieuse et belle de votre secrétaire, je ne la quitterai pas sans y remarquer une toute petite particularité : elle contient des mots qui ne figurent pas dans le Dictionnaire; j'ai eu à les inscrire en les mettant à sa charge. Non que je l'en blâme, lui qui, suivant l'expression d'un des poëtes renommés de cette Académie, fut « l'orateur disert qui avait toutes « les grâces de la parole, et l'écrivain consommé qui « possédait toutes les élégances du style. » Non que je m'en plaigne, moi qui me complaisais à recueillir aussi bien dans le néologisme autorisé que dans l'archaïsme digne de revivre, ce qui pouvait compléter le tableau de la langue. M. Villemain fit alors ce qu'on a fait de tout temps avant lui. Le siècle de Louis XIV n'est pas plus exempt de ce péché nécessaire que notre dix-neuvième siècle; et, quand de *mercenaire* Bossuet tira *mercenarité*, ce contemporain de la première édition de votre Dictionnaire y aurait vainement cherché le mot qu'il hasardait.

Au commencement de l'année 1812, M. Villemain, qui, presque avant l'âge de la conscription, était déjà maître de conférences à l'École normale, voit entrer dans la salle où se tenait l'assistance M. le comte de Narbonne, aide de camp de l'empereur, accompagné de quelques amis connus dans le monde et dans l'enseignement. La leçon commencée continua, il y fut question du *Dialogue d'Eucrate et de Sylla* et des meilleurs passages du *Marc-Aurèle* de Thomas. L'Université, en sa qualité d'œuvre nouvelle, était dès lors fort attaquée de différents côtés; cette inspection d'un genre nouveau fut très-remarquée et fit raisonner beaucoup. En effet, l'empereur, alors si puissant et si victorieux, qui, au dire de M. de Narbonne, n'était inquiet que d'une chose au monde, les gens qui parlaient et, à leur défaut, les gens qui pensaient, eut, au sujet de cette visite, une conversation avec le visiteur. Il en résulta des objections et des avertissements dont M. de Narbonne voulut bien redire au jeune professeur quelque chose pour son bien.

Pour son bien! Que serait devenu, si le régime impérial eût duré dans la guerre et la conquête, que serait devenu ce brillant jeune homme à qui M. de Narbonne s'intéressait, et que M. de Fontanes honorait de son amitié et de sa protection? et quelle issue aurait trouvée, je ne dis pas son avancement dans le monde, mais son avancement dans les lettres et dans la renommée qu'elles procurent? Bientôt, au milieu des nouvelles circonstances de la France, tout cela s'ouvrit de soi-même; et M. Villemain prit dans les lettres une éminence qu'il posséda jeune et qu'il possédait encore à la fin de ses jours.

Rien n'y manqua, pas même l'éclat des chaires voisines. La philosophie et l'histoire se faisaient entendre avec non moins d'éloquence que la littérature, captivant une jeunesse avide de belles paroles, de libres accents et de hautes pensées.

Rien n'y manqua, pas même de la disgrâce comme en amenait la politique, et de la popularité comme en amenait ce genre de disgrâce. J'ai été de ceux qui applaudirent alors M. Villemain. Le pays sortait de souffrances, suite des guerres impériales. Tout nous excitait à l'étude et au travail, la voix de nos maîtres et l'inspiration secrète du patriotisme. Le plus grave des poëtes, Dante, a dit dans son langage énergique qu'il n'est pas de douleur plus grande que de se rappeler le bonheur passé dans la misère présente. Cela est vrai aussi des nations; il est dur de se souvenir des belles années en des désastres plus profonds que ceux de 1814 et de 1815.

Rien n'y manqua, pas même les succès politiques et les ministères. Les mobiles destinées de notre pays viennent déranger les vocations assurées, et troubler les retraites profondes. A son tour, M. Villemain eut à faire autre chose que des livres, et à inscrire son nom dans le service direct du pays.

On peut, même littérairement, avoir le regret de cesser trop tôt d'être ministre. A côté du traité d'Aristote sur la *Politique*, il est un livre dont tous les érudits déplorent la perte, c'est son grand recueil des constitutions de l'antiquité. Très-certainement ce recueil avait été traduit en arabe; et il n'est pas tout à fait impossible que quelque exemplaire se trouve dans les bibliothèques musulmanes. M. Villemain ministre avait projeté d'envoyer des chercheurs dans le Maroc. Je le laisse parler : « A qui appartiendrait-il plus qu'à la « France de poursuivre une telle recherche par droit

« de voisinage et d'alliance? Y réussir ne serait pas le « moindre fruit de la bataille d'Isly. Cette observation, « loin d'être irrespectueuse pour la gloire militaire, « est si juste qu'un noble général, M. le maréchal Bu-« geaud, dont l'esprit actif prenait feu sur tout projet « d'utilité pratique ou d'œuvre intelligente, avait vi-« vement accueilli la pensée d'une mission arabe-hel-« lénique dans le Maroc. Un orientaliste connu par des « travaux analogues à la recherche projetée, M. de « Slane, aurait accepté cette tâche que nul n'eût mieux « remplie, et que je m'empressais de lui offrir, selon « mon pouvoir officiel d'alors. Quelque scrupule poli-« tique fit retarder une visite même littéraire dans le « Maroc. Et, dans l'intervalle, bien des choses chan-« gèrent : le ministre (et c'était la moindre de ces « choses) disparut de l'administration avec son plan « de découverte ; plus tard, le gouvernement fut en-« levé, selon l'expression arabe, comme une tente posée « pour une nuit. » Cette phrase attristée de M. Villemain sur la chute du gouvernement qu'il aimait porte plus loin que le moment où il l'écrivit ; et cette tente posée pour une nuit ne caractérise pas seulement la monarchie de Louis-Philippe.

Quand, affligé d'une grave maladie, M. Villemain eut donné sa démission de ministre, le gouvernement du roi s'occupa avec un intérêt empressé de lui et de sa famille ; et l'on songea à faire accorder par les chambres, comme témoignage et récompense publique, une pension de quinze mille francs, reversible à ses enfants. Cela s'était préparé à l'insu de M. Villemain, encore souffrant; dès qu'il en fut informé, il réclama avec insistance auprès du président du conseil, M. le maréchal Soult, pour qu'il ne fût donné aucune suite à cette proposition. On objectait qu'il avait fait abandon, en entrant au ministère, d'une place importante et à vie. A quoi M. Villemain répondait dans sa lettre au maréchal : « L'abandon permanent de cette « place est un sacrifice qui ne veut pas de dédommagement, et qui prouve seulement que mon association « au cabinet formé sous votre présidence a été aussi « désintéressée que fidèle. » Pour son avenir et celui de ses enfants, il s'en remettait sur la fortune modique qu'il possédait et sur le travail, dont il acceptait la perspective.

C'est pendant ce ministère que M. Villemain fut reçu dans l'Académie des inscriptions et belles-lettres. Il y fut accueilli avec une joie particulière par un savant homme qui m'honora de beaucoup d'amitié, et à côté de qui je travaillai, pendant plusieurs années, à cette histoire littéraire de la France, commencée par les bénédictins, continuée par l'Institut. M. Victor Le Clerc y a marqué son passage par son tableau des lettres françaises au XIVe siècle, grande page d'histoire aussi bien politique et sociale que littéraire. Je ne m'égare point en associant ici à M. Villemain M. Victor Le Clerc; car ils furent condisciples, tous deux éminents et tous deux liés par ces souvenirs du jeune âge qui sont, en soi, une intime liaison.

Dans cette candidature je poussai, plus jeune et rigoriste, mais académicien peu équitable, le scrupule jusqu'à refuser à M. Villemain ma voix, parce qu'il la sollicitait étant ministre. Et je la refusai non sans regret, car je lui étais fort reconnaissant d'une faveur que je n'acceptai pas, mais qui me toucha grandement, car elle me fut offerte pour alléger un de ces chagrins profonds què cause la disparition, au foyer domestique, de ceux qu'on aime.

L'antiquité classique avait un charme infini pour M. Villemain. De son temps, un cardinal italien, célèbre par plusieurs trouvailles, découvrit dans un vieux manuscrit, sous un texte insignifiant, des lignes précieuses, grattées mais encore lisibles. Ces lignes contenaient de grands fragments d'un livre perdu de Cicéron, son *Traité de la République.* Avant qu'il eût été livré à la publicité, M. Villemain le traduisit. Sa joie fut profonde (et quel érudit ne la ressentirait pas?) à lire le premier un grand et beau texte retrouvé. « J'avais, dit-il, com-
« mencé cette traduction avec enthousiasme, si le mot
« n'était pas bien ambitieux pour un traducteur : il y
« avait un charme d'illusion dans ce travail, dans cette
« jouissance exclusive d'un chef-d'œuvre si longtemps
« inconnu. On m'envoyait les feuilles de Rome à me-
« sure qu'elles étaient enlevées au précieux manuscrit.
« Je les attendais avec impatience : j'étais comme un
« Gaulois quelque peu lettré, un habitant de Lugdu-
« num ou de Lutetia, qui, lié avec un citoyen de Rome
« par quelque souvenir de clientèle ou d'hospitalité,
« aurait reçu de lui successivement et par chapitres
« détachés le livre nouveau du célèbre consul. »

M. Villemain, comme Voltaire, aimait Cicéron. Pourtant, tout en se complaisant dans ces pages inédites, il ne peut s'empêcher de reconnaître qu'en ce sujet la manière de composer de l'illustre Romain est surtout oratoire et beaucoup plus morale que ne sont les réalités. Il remarque que son livre est une exhortation au patriotisme, un panégyrique de Rome, et peut-être un manifeste adroit en faveur du Sénat. Il s'étonne que Cicéron ne sache concevoir à tous les maux qui alors assaillaient Rome d'autre remède qu'un retour à l'antiquité et à la république de Scipion. Mais il se répond aussitôt que, justement, ce qui manqua à la civilisation ancienne ce fut de n'avoir qu'un passé et point d'avenir, à la différence de la civilisation moderne qui est d'autant plus sûre de son avenir qu'elle connaît mieux son passé. Enfin, toutes ces réserves faites, il revient, et à juste titre, à son admiration classique, disant que ce caractère, ce langage de l'antiquité est, à lui seul et par lui-même, un objet d'instruction et d'étude, un enseignement pour l'érudition et le goût.

Je demande pardon à l'Académie française de lui dérober de la sorte M. Villemain au profit d'une autre académie. Mais je n'ai pas voulu oublier qu'avant d'être ici le successeur de M. Villemain, j'ai été ailleurs son confrère. Il est parmi vous, Messieurs, des érudits que l'Académie des inscriptions appelle dans son sein, et parfois aussi vous faites à l'érudition l'honneur de l'admettre parmi vous.

Mais ceci n'est qu'un épisode. Le vrai domaine de M. Villemain a été dans les lettres et particulièrement dans l'histoire littéraire. Il a tant surpassé le célèbre cours de Laharpe, qu'il n'y a point d'intérêt à les comparer. Un goût plus sûr et plus élevé le dirige, et il possède un souvenir toujours si présent des plus exquises beautés des littératures anciennes et étrangères qu'à la fois il plaît et instruit bien plus que son prédécesseur.

« Villemain..... une des admirations durables de ma « vie, le vrai maître, j'allais dire le créateur, en France, « de la critique moderne qu'il a fécondée par l'érudi- « tion, éclairée par l'histoire, animée par l'éloquence, » a dit un des membres de cette Académie dont je fus le condisciple et qui m'enleva même, il y a beaucoup plus de cinquante ans, une palme dans les luttes juvéniles des colléges. Ne retranchons rien à cet éloge, vérifié de point en point dans le tableau de la littérature française au XVIIIe siècle.

Aux premières pages de ce mémorable ouvrage qui dépeignent l'état des lettres françaises à la mort de Louis XIV, un mot de fâcheux augure est écrit et souvent répété, c'est le mot décadence. Faibles, bien faibles sont les successeurs des grands hommes qui avaient illustré l'âge précédent; et, de même qu'on avait comparé non sans une satisfaction orgueilleuse le siècle de Louis le Grand au siècle d'Auguste, on pouvait craindre que la ressemblance ne s'étendît plus loin, et qu'à la perfection des œuvres ne succédassent la corruption du goût, la dégradation de la langue et la chute graduelle de l'idéal littéraire.

Mais les destins modernes sont fort différents des destins antiques. L'activité ne tarda pas à renaître dans les esprits; une nouvelle expansion littéraire se produisit, et bientôt ce triste mot de décadence doit être retiré, si l'on considère l'ardeur des intelligences, la hardiesse des pensées et le changement des horizons. Ce sont là des signes manifestes de vie, non de mort, mais d'une vie autre, tellement que les comparaisons sont difficiles, les mesures douteuses et les évaluations incertaines.

Les productions littéraires d'une époque qui a quelque prétention à la grandeur ont deux satisfactions à donner : d'abord charmer les contemporains, puis transmettre à la postérité quelques œuvres excellentes qui soient un long entretien pour les hommes à venir.

Je ne veux point entrer dans la controverse des mérites et des démérites du XVIIIe siècle, qui est encore aujourd'hui parmi nous l'objet d'attaques violentes et de louanges non moins violentes. Mais il est un fait indéniable, c'est que plaire aux contemporains fut pleinement donné à cette littérature. Même ce don ne se borna pas aux frontières de notre pays, à ceux qui parlaient notre langue. L'Europe entière se laissa captiver.

A l'intérêt qu'alors les lettres françaises suscitèrent, à l'universalité qu'elles obtinrent, se joignit comme conséquence naturelle une puissance très-effective. L'art d'écrire fut puissant et à la mode ; l'esprit des lettres fit partie de l'esprit du monde, le reproduisant à la fois et l'excitant. C'est là, au dire de M. Villemain, le trait distinctif du XVIIIe siècle, c'est le fond de son histoire.

Maintenant, l'autre satisfaction, celle que les lettres

doivent à la postérité, comment le XVIIIe siècle l'a-t-il donnée? Nous sommes encore trop voisins pour parler au nom de la postérité et pour dire ce qu'elle mettra dans son trésor ou ce qu'elle laissera dans la poussière des bibliothèques. Et puis, les goûts changent, les vues s'agrandissent, les horizons s'étendent, le classique lui-même, aussi bien ancien que moderne, est exposé à des assauts romantiques qui le dérangent dans ses règles vainement déclarées immuables. Les exemples sont sans nombre; je ne citerai que Shakespeare, dont le XVIIIe siècle commença de soupçonner et de débattre le génie et la gloire. On ne le présenta d'abord qu'adouci et corrigé. Boileau et tout son siècle auraient frémi en le voyant; heureusement ils n'en avaient jamais entendu parler. Placé entre la sereine magnificence de l'âge précédent et le souffle lyrique du XIXe siècle, l'art du XVIIIe a prodigieusement d'esprit, beaucoup de passion et beaucoup d'éloquence, trois grandes qualités qui firent sa force dans le présent et qui plaideront sa cause dans l'avenir.

En notre Europe, qui ressemble si fort à une Grèce agrandie, et où les nations forment entre elles, comme les peuplades helléniques, un système troublé, mais non détruit par la guerre, les littératures sont dans un perpétuel échange d'influences les unes sur les autres. Au commencement du XVIIe siècle, la France tire ses exemples de l'Italie et surtout de l'Espagne. Le siècle n'était pas écoulé que le courant se renversa et porta de la France non-seulement sur le Midi mais aussi sur le Nord. Dans l'époque suivante, qui parut d'abord épuisée parce qu'elle sentit obscurément qu'on ne produit pas deux fois une même phase des lettres et des arts, l'esprit français fut attiré par la liberté, l'originalité, la hardiesse de l'esprit britannique, et il franchit le détroit, puisque, à ce moment, il eût été tout-à-fait inutile de franchir les Alpes ou les Pyrénées.

M. Villemain a excellé dans la peinture de cette action réciproque des deux littératures ; car il ne se passa pas un long temps, sans que, par un libre échange, l'exportation des idées égalât l'importation. L'ardeur du professeur anime tout ce que la sagacité de l'historien découvre. Qui ne se souvient du tableau de l'éloquence politique dans le parlement britannique, éloquence qui allait bientôt avoir son écho sur les rives de la Seine? Non qu'il suffise qu'une tribune existe pour que l'éloquence y devienne digne d'être gardée en souvenir et en modèle. Longtemps le parlement de l'Angleterre fit des discours, sans que ces discours eussent franchi l'enceinte de l'assemblée. Mais, dans le courant du XVIIIe siècle, l'éclat y devint extraordinaire. Les orateurs anglais aiment à citer les poëtes latins. Il y a dans Virgile deux beaux vers où il peint le soleil touchant à l'horizon du soir et donnant ses derniers rayons à une moitié du monde, et à l'autre moitié ses premiers rayons. Pitt, dans la mémorable discussion sur l'abolition de la traite des noirs, détourna ces vers de leur sens pour en faire l'image allégorique du réveil alternatif des peuples et de la pitié secourable que les hommes se doivent les uns aux autres. Et cela, à la fin d'une longue séance de nuit et quand le lever du jour approchait effectivement.

2

M. Villemain a senti vivement ce mouvement d'enthousiasme poétique dans une grande cause d'humanité, et l'a fait sentir à ses auditeurs.

L'histoire littéraire et l'histoire des sciences, tout en étant des domaines particuliers, remplissent cependant un office général; car c'est là que se manifestent d'une manière éminente la filiation et la comparaison, ces deux lumières de toute histoire. Suivre la naissance des choses littéraires et les comparer est ce qui, chez M. Villemain, fait la force de la conception et la sûreté de l'enseignement.

Ils commencent à n'être plus bien nombreux, ceux qui ont entendu M. Villemain dans cette glorieuse époque, alors que l'éclat du discours et cette verve heureuse qu'un auditoire charmé inspire à celui qui le charme donnent à la parole vivante une supériorité sur la parole écrite. Mais la parole écrite eut son tour. A ce moment, le gouvernement et même les partis redoutaient les mots qui quelquefois, du haut d'une chaire applaudie, tombaient au milieu d'une jeunesse studieuse mais ardente. M. Villemain fut en butte à des accusations, et, pour s'en défendre autant que possible, il fit sténographier ses leçons. Il s'en excuse en homme amoureux du style. « Moi, dit-il, qui n'aspirais guère « qu'à un certain mérite de pureté, qui avais à cet « égard une sorte de droit académique, me voilà frappé « au cœur. Mais, si l'on voit mes expressions dans « leur négligence, on les verra dans leur impartialité, « dans leur loyauté ; ce sera là mon excuse et peut-être « mon titre d'honneur. » Le professeur a disparu ; l'historien littéraire demeure; et l'historien est lu comme fut écouté le professeur.

Il ne fut pas accordé aux lettres du XVIIIe siècle de finir, comme celles du XVIIe, par un déclin paisible. Une tempête sociale les emporta. « Ces jeux, dit « M. Villemain dans son éloge de M. de Fontanes, ces « jeux qui faisaient depuis un siècle les principaux évé- « nements d'une société tranquille, ces académies na- « guère si puissantes, ces réunions ingénieuses, tous « ces travaux d'une civilisation élégante et oisive, tom- « bèrent en un moment devant le terrible intérêt « d'une révolution commencée. »

Cette grande catastrophe pressa-t-elle ou retarda-t-elle l'évolution qui devait donner aux lettres françaises leur nouveau caractère? Qui peut le dire? Toujours est-il que, le tumulte révolutionnaire étant amorti et les guerres impériales terminées, il se fit un brillant épanouissement. Et cet épanouissement était si bien dans la nature des conditions intellectuelles et morales alors prévalantes, qu'il avait été annoncé par André Chénier, le poëte précurseur, et par Chateaubriand, le précurseur dans la prose. Au sein des sociétés qu'a faites la civilisation moderne, aucune des forces vives ne périt, elles se transforment et se rajeunissent pour plaire aux nouveaux venus dans le monde.

Tous les déclins ne sont pas suivis d'une renaissance, du moins d'une renaissance à bref délai et par une sorte de transmission directe. Parmi les studieux des lettres latines il n'est personne qui ne soit surpris et contristé de les voir sans cesse décroître depuis Auguste et finir dans une misérable inanité. Rien ne les ranime ; un Sénèque, un Lucain, un Pline, un Juvénal, un Tacite, ne peuvent les transmettre ; les mauvais empereurs les accablent sans doute, mais les bons ne les relèvent pas ; et manifestement c'est une irrémédiable maladie de langueur qui les mine et les anéantit.

Dans son opuscule sur la *Corruption des lettres romaines*, M. Villemain, recherchant la cause, l'attribue au progrès du despotisme et à l'abaissement des esprits par l'esclavage. En effet le regard est immédiatement frappé par cet énorme pouvoir que la conquête du monde et la concentration de l'autorité avaient remis à une seule main. Pourtant, malgré l'apparence, c'est à quelque chose de plus profond qu'il faut demander l'explication ; et, si, dans l'empire des Césars, quelque grand intérêt intellectuel ou moral avait ému les hommes, le despotisme n'aurait pu empêcher que cet intérêt se fît jour, communiquant l'impulsion et la vie à la pensée commune. Mais à quoi s'intéressaient Rome conquérante, les peuples vaincus, la Grèce subtile, l'Égypte superstitieuse ?

Un irrécusable rapprochement tranche le litige ; et ce rapprochement, c'est M. Villemain qui le fournit. En même temps que les lettres, dirai-je officielles, de l'empire romain allaient décroissant, et au plus bas de leur décadence, une littérature nouvelle, qui s'était formée non-seulement sans le secours de l'autorité romaine, mais malgré ses menaces et ses persécutions, apparaissait dans le IVe siècle, produisait des œuvres vivantes, et promettait une vraie transformation si l'inclémence de l'histoire ne lui eût refusé un long développement. Tout le monde comprend que je parle des lettres chrétiennes. Et pourtant c'étaient bien les mêmes hommes, c'était le même empire, et Constantin ou Théodose n'étaient pas moins absolus que Tibère ou Vespasien. Mais un souffle religieux s'était levé sur le monde romain ; une doctrine qui s'emparait des cœurs et des esprits renversait les dieux et les idoles. Les Ambroise, les Jérôme, les Augustin, surpassaient en érudition et en éloquence tout ce qui restait encore de sophistes païens, et le génie des lettres se remontrait sous une autre forme belle et pleine de promesses.

Le tableau que M. Villemain trace de l'éloquence chrétienne en fait foi. Et remarquons ceci, toute cette création originale est, au point de vue littéraire, un prolongement de la tradition et une émanation directe des modèles antiques. Depuis qu'on pénètre dans les catacombes et qu'on y étudie avec une si fructueuse et si ardente curiosité les plus anciens monuments de l'art chrétien, on voit qu'il se développe de la même façon, avec toute la pureté que lui donne l'art antique, avec toute la nouveauté que lui inspire la rénovation religieuse. C'était, ce semble, la voie heureuse de la transformation ; et l'on peut rêver historiquement un passage direct du monde païen au monde chrétien. Mais les rêves ne sont que des rêves; la réalité, c'est l'invasion des barbares, qui rompit cette évolution naturelle, rejetant à des siècles lointains la reprise d'une littérature qui ne se rattache plus aux lettres antiques que par un mince filet de tradition.

Comment le monde d'alors, si troublé par l'implantation des barbares au sein de la civilisation, échappa à des désordres encore plus grands, c'est ce qu'un ouvrage de M. Villemain d'un genre tout différent montre avec un sens historique bien digne d'un homme aussi versé dans les histoires littéraires. Dès 1827 on avait annoncé son livre sur le pontificat de Grégoire VII. Cette œuvre dormit longtemps, mais ne fut jamais abandonnée ; et tout à l'heure, grâce aux soins de ceux que M. Villemain a laissés derrière lui, l'histoire de Grégoire VII vient de paraître. Un volume presque entier est consacré à une introduction qui retrace le rôle de la papauté et de Rome chrétienne jusqu'au XIe siècle. « Le temps approche, dit M. Villemain en « parlant de la fin de l'empire, où il ne restera plus de « l'ancienne société que le despotisme, de la nouvelle « que le christianisme et les barbares. » Sans doute c'est trop dire ; car il restait un fond d'organisation administrative, de culture intellectuelle et de population latine qui influa grandement sur la tradition de la civilisation commune. Mais toujours est-il que, dans le premier moment et longtemps encore après, les deux principaux acteurs du drame furent, au temporel les barbares, au spirituel le christianisme et plus particulièrement le catholicisme. En une continuité saisissante, M. Villemain montre d'âge en âge comment la papauté grandit et se fortifie au milieu de ces royautés germaines à la fois violentes et instables. La discipline catholique qu'elle régit est le suprême enseignement qui empêche la latinité de tomber au niveau de la Germanie. Le monde barbare, se réglant, devient capable d'apprendre quelque chose ; et, après les Mérovingiens bien sauvages et les Carlovingiens déjà meilleurs, commence l'ère relativement forte et florissante du moyen âge. Je dis les Mérovingiens et les Carlovingiens, car toutes les autres dynasties barbares avaient disparu, les Burgundes sous Clovis, les Ostrogoths sous les Lombards, les Lombards sous les Francs, les Wisigoths sous les Arabes.

L'ère relativement forte et puissante du moyen âge ! plusieurs trouveront que je n'en dis pas assez, tant ils l'exaltent; plusieurs aussi trouveront que j'en dis trop, tant ils l'abaissent. Quoi qu'il en soit de ce conflit d'opinions, en fait ce moyen âge eut une littérature qui lui fut propre et vraiment originale. M. Villemain ne l'a pas dédaignée; nous avons de lui un tableau de cette littérature en France, en Italie, en Espagne et en Angleterre. Ce fut l'objet d'un cours fort suivi; mais, entre le moment du cours et l'époque où il fut imprimé, plusieurs années s'étaient écoulées, et de nombreuses publications avaient changé bien des éléments de l'appréciation. M. Villemain ne s'y était pas trompé : « Ces leçons, disait-il dans la préface, furent un essai « facile à surpasser, mais dont l'influence n'a pas été « inutile au progrès des mêmes études aujourd'hui « plus répandues..... Quelques-uns des points dans « l'histoire de notre vieille littérature française ont « donné lieu à des recherches plus curieuses ou plus

« précises..... La langue même du XIIe et du XIIIe
« siècle, longtemps mal sue parce qu'on n'y supposait
« pas de règles fixes, n'a été ramenée à ces règles né-
« cessaires que par des travaux récents. »

Ces réserves que M. Villemain fait lui-même sont suffisantes ; et, comme toutes les leçons de M. Villemain, celles-ci ont des aperçus fins, des pensées ingénieuses, d'heureux rapprochements. Ce serait assez d'avoir noté ceci qui est vrai, et les restrictions qui ne sont pas moins vraies, si, en ces débats sur le moyen âge, je n'étais homme de parti, et il est difficile, on le sait, d'empêcher les gens de parti de suivre leur pointe à tort ou à droit.

La vieille langue du XIIe siècle et du XIIIe était une belle langue. Quoi ! dira-t-on, et la rouille de la barbarie? Vaine parole née d'un préjugé injustifié; il suffira d'un simple rapprochement pour donner à mon assertion un commentaire qui la fera comprendre. Toutes les langues romanes sont filles du latin, et c'est une grande origine; eh bien, les deux langues de la France, c'est-à-dire le vieux français et le vieux provençal, sont celles qui, grammaticalement, tiennent de plus près à la langue mère. Vous voyez qu'il ne peut être question ni de rouille ni de barbarie, et que, bien loin de là, nous avons dans notre idiome des hauts temps un type marqué au coin d'une parenté plus étroite et d'une analogie plus visible. N'en disons donc pas de mal; car, si les hommes qui le parlèrent pouvaient prendre la parole, ils nous reprocheraient à juste titre d'avoir troublé la pureté de leur grammaire, défait des constructions savantes, et sacrifié de ce grand héritage plus que n'exigeait la rénovation incessante et nécessaire des idées et des mots.

N'est-il pas singulier de noter que dans ces siècles reculés la langue française avait trouvé faveur auprès des peuples étrangers? Elle était connue et cultivée au-delà des Alpes et des Pyrénées, au-delà de la Manche, au-delà du Rhin et jusque dans les pays scandinaves. Cette universalité (je ne puis me servir d'un autre mot) se perdit dans les siècles suivants, mais se retrouva au XVIIe siècle et au XVIIIe. Comment expliquer un même fait à de si dissemblables époques? Par une même cause, je veux dire une influence littéraire que les peuples étrangers acceptèrent volontairement.

Tout le monde connaît ce que fut cette influence du temps de nos grands-pères, je veux dire les générations si voisines qui vécurent sous Louis XV et Louis XIV; mais peu connaissent ce qu'elle fut du temps d'aïeux bien plus lointains, des Français qui vécurent sous Louis le Gros, Philippe-Auguste et saint Louis. Il n'est point de contrée européenne où ne parvînt la renommée des œuvres qui apparurent alors. On les traduisit, on les imita, et les types qui furent créés par l'imagination reçurent partout le meilleur accueil.

Et ce fut de bon aloi. La place était vide pour la poésie, ouverte à tous les peuples qui sortaient du chaos de l'invasion barbare, et appartenant de droit au premier occupant. Ce premier occupant fut la France. Deux cycles populaires naquirent spontanément et prirent aussitôt la forme de chants et de vers. L'un de ces cycles est indigène; c'est Charlemagne, le grand empereur, ses barons vêtus de fer, ses guerres avec les Sarrasins, les trahisons de Guenelon et les désastres de Roncevaux, non sans un fier sentiment de nation et de patrie, si bien qu'un de ces faiseurs de vers put dire dès le XIIe ou même le XIe siècle, en faisant défiler les escadrons de la vaillante baronnie :

« Voyez l'orgueil de France la loée. »

L'autre cycle est étranger et provient des légendes bretonnes; c'est Arthur, la Table ronde, le magicien Merlin, l'amour des dames, la haute courtoisie des preux chevaliers. Ces récits traduits en latin demeuraient cachés, lorsque les imaginations françaises les en tirèrent et les mirent dans le domaine public sous un rhythme tout différent de celui qui fut consacré aux poëmes guerriers et féodaux. Tout cela plut prodigieusement à la France d'abord, à l'Europe ensuite; les noms de Roland, de Renaud, d'Huon de Bordeaux, d'Arthur, de Tristan, d'Yseult devinrent connus partout et ne sont pas même oubliés aujourd'hui.

Toute cette poésie et aussi toute cette prospérité (car la France fut grandement prospère aux XIIe et XIIIe siècles) se perdirent dans les calamités du XIVe; nous en avons pour témoin un poëte renommé, Pétrarque, qui visita à diverses reprises notre pays :

« Non, je ne reconnais plus rien de ce que j'admi-
« rais autrefois; ce riche royaume est en cendres; les
« seules demeures aujourd'hui debout sont celles qui

« étaient défendues par les remparts des villes ou des « forteresses... Qui dans cet heureux royaume eût pu « se figurer, même en songe, de telles catastrophes? « et si un jour il se relève, comment la postérité vou« dra-t-elle y croire, lorsque nous-mêmes, qui en « sommes témoins, nous n'y croyons pas?... En re« trouvant à chaque pas les ravages du fer et du feu, « je ne pouvais retenir mes larmes; car je ne suis pas « de ceux à qui l'amour de la patrie fait haïr toutes « les autres nations. » Ainsi parlait un Italien qui sympathisa avec nos malheurs.

Dans son éloge de Montaigne, M. Villemain nomme l'auteur des *Essais* un écrivain brillant et ingénieux dans une langue informe et grossière. Il écrivait ceci tout jeune, en 1812 ; je ne crois pas que plus tard il se fût exprimé de la sorte. C'était le préjugé de regarder toutes les différences de la vieille langue avec la moderne comme des grossièretés et des barbaries. Grave erreur; il n'est pas un linguiste qui aujourd'hui ne ratifie l'arrêt que P.-L. Courier prononçait de sentiment et qui ne déclare qu'à part l'emploi et les œuvres, la langue d'Amyot et de Montaigne vaut mieux que celle des âges suivants. Sans doute la langue s'efforce de remédier de siècle en siècle aux dommages que le temps lui inflige; mais il est certain qu'elle en subit. Du moins c'est le jugement de la grammaire, qui, dit Molière, sait régenter jusqu'aux rois, mais qui ne régente pas toujours les nations dans leurs changements historiques.

Il serait puéril de regretter que nous ne parlions

plus comme parlaient nos aïeux. Mais on doit regretter que nous ayons si complétement rompu avec ce passé, moins éloigné pourtant qu'on ne pense communément. Car, croyez-moi, il faut, tant nous y sommes préparés de naissance, peu, bien peu d'étude et de pratique pour devenir familier avec l'idiome de Joinville et de Ville-Hardouin.

C'est par des éloges et des prix académiques que débuta M. Villemain. L'Académie ne se trompa pas en encourageant le débutant; et le jeune homme ne trompa pas le jugement de l'Académie. Toutes les promesses furent tenues; tous les germes s'épanouirent; et, une fois que le plein développement fut accompli, rien dans cet heureux esprit ne marqua, jusque dans la vieillesse avancée, ni moindre travail, ni moindre élégance, ni moindre perfection.

Je ne sais qui a dit que les succès sont désirés et touchent le cœur surtout dans la jeunesse. Cette bonne fortune échut à M. Villemain; rarement homme aussi jeune trouva autant d'accueil, de faveur et de réputation. Dès l'âge de trente ans il était membre de l'Académie française. Dans une de vos solennités, M. Auger, remplaçant M. Villemain alors malade, disait, à M. Casimir Delavigne que vous receviez bien jeune aussi :

« Le plus jeune des académiciens prosateurs eût « accueilli, au nom de cette compagnie, le plus jeune « des académiciens poëtes, et les deux grandes divisions « de l'empire des lettres eussent été, pour ainsi dire, « représentées dans cette solennité par deux écrivains

« qui en seraient l'espoir, s'ils n'en étaient déjà l'hon-
« neur. »

M. Villemain fut de ceux qui, voyant tomber l'empire et finir les guerres, accueillirent avec satisfaction le retour des anciens rois. Mais il n'appartint pas à la restauration sans réserves. Ces réserves étaient celles d'un parti composé d'hommes honorables qui, loyalement attachés à la royauté, ne pouvaient être accusés de masquer, sous leur libéralisme, des projets subversifs et hostiles à la maison de Bourbon. A un moment, plusieurs hommes de ce parti jugèrent de leur devoir de combattre des tendances qui leur semblaient dangereuses. M. Villemain fut du nombre; si bien que l'Académie française le chargea de rédiger avec Chateaubriand et Lacretelle la supplique qu'elle adressa au roi contre le rétablissement de la censure; et longtemps après, dans le même esprit, à la Chambre des pairs, il combattit les lois de septembre 1835 contre la presse. C'est son parent, M. Villemain, de Lorient, qui vota la fameuse adresse des 221 contre laquelle la royauté recourut aux moyens extrêmes. Lui, élu député un peu plus tard, coopéra à la révision de la charte, qui fut l'acte constitutionnel de la branche cadette.

M. Villemain, qui avait sincèrement regretté que la conciliation tentée par la charte entre la monarchie léigtime et le pays n'eût pas réussi, était sans motif pour ne pas accepter et servir le nouveau régime. Son noviciat politique avait commencé sous le ministère de M. Decazes. Le roi Louis-Phillippe lui donna la pairie, et deux fois les combinaisons parlementaires en firent un ministre de l'instruction publique, ministre fort autorisé par ses lumières spéciales, son amour des lettres et son expérience.

Vous aussi, Messieurs, dans le même temps, lui confiâtes un ministère en le faisant votre secrétaire perpétuel; ministère de haute littérature que ne troublent ni les partis ni les factions, et auquel, pendant près de quarante ans, il consacra le charme élégant de son savoir et de sa diction.

La chute du trône en 1848 l'attrista beaucoup, surtout quand il vit se rétablir, aidé par des craintes d'anarchie, un régime absolu dont la catastrophe finale avait effrayé sa jeunesse, et que sa vieillesse retrouvait inopinément. Tous ses écrits depuis lors portent l'empreinte de son chagrin amer pour la liberté éclipsée et le gouvernement parlementaire détruit.

Ses regrets suscitèrent sa mémoire; et il composa en quatre parties ses *Souvenirs contemporains.*

A mon sens, ces quatre morceaux de longueur et d'importance fort différentes sont des chefs-d'œuvre. M. Roger, qui reçut M. Villemain, lui parlant de son histoire de Cromwell, disait :

« Quelquefois on serait tenté de croire que votre « esprit, naturellement judicieux et modéré, s'est un « peu laissé séduire par ce système d'impartialité his- « torique que j'ai cru devoir combattre tout à l'heure, « et c'est à cela peut-être qu'il faut attribuer le défaut « de couleur et d'énergie qu'on a remarqué dans quel- « ques-uns de vos tableaux, défaut, je m'empresse de

« le dire, heureusement racheté par une foule de traits « spirituels et de réflexions profondes, par des por- « traits hardiment dessinés, par des récits pleins de « mouvement. »

Ce jugement, je le trouve rigoureux. Mais certes, si on a dit que la couleur et l'énergie manquent à l'histoire de Cromwell, on ne peut dire qu'elles manquent aux *Souvenirs contemporains*. Ici l'auteur n'a aucune hésitation dans la tâche qu'il s'est donnée. Ses convictions le dominent; une éloquence énergique, colorée, ingénieuse, suivant l'occurrence, est à leur service; il ne parle que de ce qu'il a vu ou entendu, mais il en parle avec une force bien plus pénétrante qu'au moment où il vit et entendit; car maintenant il connaît les conséquences.

Le premier de ces *Souvenirs* est consacré à M. de Narbonne, ancien ministre du roi Louis XVI et mort dans la funeste année de 1813, commandant de Torgau. Cette physionomie est peinte avec amour, et il paraît bien que le modèle ne méritait pas moins. Elle était pourtant difficile à représenter; il fallait qu'on y reconnût, et on y reconnaît, en un même personnage le grand seigneur d'avant la révolution, le constitutionnel de 89, et l'aide de camp impérial que l'empire n'éblouissait pas trop.

M. de Narbonne était de l'armée qui alla à Moscou et qui en revint, si on peut appliquer ce mot à la poignée d'hommes qui échappa. Au milieu du conflit des éléments qui menaçait tous et chacun, il garda la sérénité de ses manières et jusqu'à l'habitude de se faire, au matin de chaque bivouac, coiffer et poudrer. Cela fut remarqué par l'empereur, qui écrivit dans le terrible vingt-neuvième bulletin : « Ceux que la nature a « créés supérieurs à tout conservèrent leur gaieté et « leurs manières ordinaires, et ne virent dans de nou- « veaux périls que l'occasion d'une gloire nouvelle. » Un ami de M. de Narbonne, le premier à sa porte au moment du retour, ne put s'empêcher de faire, en son épanchement, une allusion à ce singulier éloge. L'effet fut poignant sur le général. « J'aurais, dit M. Ville- « main, trente ans à vivre au lieu de toucher au déclin « de l'âge, que je n'oublierais jamais l'impression et « la tristesse de son regard à ce malencontreux com- « pliment. Ah! dit-il amèrement, l'empereur peut tout « dire ; mais gaieté est bien fort. Et il se détourna en « versant et en cachant quelques larmes. »

Ces récits ont été mis par écrit longtemps après que le jeune Villemain les avait entendus. On s'en aperçoit à divers indices, ne serait-ce qu'à la mention, dans la bouche de M. de Fontanes, en 1813, du *Corsaire* de lord Byron qui ne parut qu'en 1814. Pourtant, au fond et dans l'essentiel, ils sont fidèles ; et même, dit M. Villemain, pour ces débris d'entretiens (il s'agit de graves entretiens de l'empereur avec M. de Narbonne) l'invention en serait plus invraisemblable que le long souvenir. Alors, se qualifiant d'obscur et indirect témoin, il nous représente le puissant empereur discourant sur l'éducation publique et le haut enseignement qu'il veut fort et brillant, mais docile à produire des lettres et des sciences qui décorent la monarchie comme elles faisaient sous Louis XIV; déclarant que son rôle et son grand service est de comprimer la révolution et que la guerre est un de ses moyens; refusant de constituer une Pologne indépendante, de peur qu'elle ne devienne, dans le Nord, un foyer de fanatisme mystique ou démagogique; exposant qu'après que les dernières conquêtes seront faites et la paix établie, il réserve à son fils la tranquillité d'un trône constitutionnel; enfin justifiant contre les objections de son interlocuteur le projet de l'expédition de Russie, et se laissant emporter jusqu'à entrevoir, si le succès le favorise, une expédition qui partirait de Moscou pour attaquer, à travers l'Asie, l'Inde britannique. Un jour, M. de Narbonne, repassant d'une seule vue intérieure ce qu'il avait entendu, s'écria : « Quelles grandes idées! quels rêves! Où est « le garde-fou de ce génie? C'est à n'y pas croire. On « est entre Bedlam et le Panthéon. »

Des salons mécontents et hostiles de la fin de l'empire dans lesquels il avait déjà sa place, M. Villemain passa dans ceux des brillantes années de la restauration. Il nous en a laissé le tableau dans l'opuscule intitulé : *M. de Féletz*. Nous sommes en 1819. « Le « monde financier, dit l'auteur, se dévouant au risque « de s'enrichir, avait pris part avec ardeur aux em- « prunts qui hâtaient la délivrance du territoire; le « monde aristocratique donna des fêtes; les chambres « discutèrent avec un grand éclat de talent et de faveur « populaire, et le pays parut chercher et trouver en « partie dans la liberté, l'industrie, le commerce, les « arts, une juste indemnité de tant de pertes et de

« malheurs soufferts. » Ces paroles, qui sont de l'histoire, sont aussi un conseil. Aujourd'hui, comme en 1819, il nous faut chercher, dans la liberté, l'industrie, le commerce, les arts, les lettres et les sciences, la réparation de nos pertes et de nos malheurs.

Je laisse à regret les *Souvenirs de la Sorbonne en* 1825, le général Foy et son commentaire de Démosthène, et j'en viens au dernier de ces *Souvenirs,* à une œuvre pleinement historique, aux *Cent-Jours*. Un homme qui ne partageait aucunement les opinions politiques de l'auteur, le colonel Charras, dans son ouvrage sur Waterloo, dit de l'écrit de M. Villemain : « C'est le livre le plus instructif peut-être et le plus « remarquable à coup sûr qui ait été écrit sur la fu« neste période des Cent-Jours. » Cependant M. Villemain se tait sur les événements militaires ; je ne veux pas dire qu'il ait écarté l'intérêt tragique qui s'y attache ; non, mais il n'en fut pas témoin et n'en parle pas. Ce dont il fut témoin, c'est deux situations successives où les événements militaires n'interviennent guère que comme l'exécution d'un arrêt rendu par l'ensemble des circonstances. Le récit de ces deux situations est une rigoureuse et poignante histoire.

Dans la première, il montre les difficultés infinies, disons mieux, les impossibilités où l'empereur se plaça par son retour de l'île d'Elbe : l'Europe coalisée encore debout et en armes, nulle alliance possible, un isolement complet; à l'intérieur, un terrain mal sûr, le regret de la paix et l'effroi d'immenses sacrifices à faire si près des immenses sacrifices de 1814.

Voilà la veille de Waterloo; en voici le lendemain : aussitôt commence l'agonie de l'empire ; elle ne fut que de quelques heures; la chambre des représentants arrache violemment l'abdication de l'empereur, dans une de ces crises où le poids des maux soufferts fait croire tout changement désirable et libérateur.

Ces paroles, si facilement applicables, sont de M. Villemain. Ah! combien de passages, dont je me détourne, le sont devenus, aujourd'hui que tant de douloureuses ressemblances nous assaillent! Dans ces *Souvenirs contemporains*, qu'il écrivit sans rien prévoir, mainte page semble s'animer sous l'œil du lecteur, et lui parler de ce qui vient de se passer.

M. Villemain était parvenu à une grande vieillesse. Les lettres, qu'il aima tant, lui accordèrent cette suprême récompense de s'y complaire jusqu'au bout et de s'y perfectionner toujours. Tacite, avec une tristesse amère que l'on conçoit, nous parle de l'opportunité de la mort de son beau-père, soustrait ainsi aux détestables années du règne de Domitien. Il n'y a point de mort opportune pour une famille qui entoure de soins pieux un vieillard aimé. Peut-être ne se défendra-t-on point de compter pour quelque chose qu'il ait échappé à l'angoisse de notre dernière lutte et au deuil de notre dernière défaite; mais certes il manque à côté de ces vieillards, illustres entre tous, qui donnent l'exemple du travail, salut des nations malheureuses, et ne laissent point d'excuse à qui ne les imiterait pas.

M. Villemain n'est pas de ceux qu'un successeur

songe à remplacer ; ce que je viens de dire de son existence si remplie le montre assez. Mais le zèle et le dévouement peuvent être offerts pour ce qui manque. Ce sont des compensations que les Académies, dans leur indulgence, ne refusent pas d'accepter.

DISCOURS

DE

M. DE CHAMPAGNY

DISCOURS

DE

M. DE CHAMPAGNY

DIRECTEUR DE L'ACADÉMIE

EN RÉPONSE

AU DISCOURS PRONONCÉ PAR M. LITTRÉ

POUR SA RÉCEPTION

A L'ACADÉMIE FRANÇAISE

LE 5 JUIN 1873

PARIS

LIBRAIRIE ACADÉMIQUE

DIDIER ET Cie, LIBRAIRES-ÉDITEURS

35, QUAI DES AUGUSTINS

1873

DISCOURS

DE

M. DE CHAMPAGNY

Monsieur,

Ce n'est pas à moi que devait appartenir l'honneur de vous recevoir. A cette heure où le nom de M. Villemain se présente à nos regrets, un autre nom les appelle encore. Celui qui devait siéger à cette place où je suis confus de me trouver, c'était ce philosophe si lumineux et si pur, ce prêtre si intelligent et si doux, cet écrivain si aimé (et chez lui, l'homme était aimé plus encore que l'écrivain), en qui se rencontrait, avec la sagacité de Malebranche, la grâce et la mansuétude de Fénelon, et qui a couronné sa vie en imitant dignement la filiale soumission de l'archevêque de Cambray. M. l'abbé Gratry était digne en effet de vous souhaiter la bienvenue, lui qui était le bienvenu pour tous; il était fait pour vous répondre avec la perspicacité du savant, l'esprit délicat de l'homme de lettres, la haute et décisive raison du philosophe. Que ne puis-je deviner ce qu'il vous eût dit et vous le redire!

Du reste, Monsieur, vous n'êtes pas, à parler exactement, un nouveau venu parmi nous; nous avons déjà mis à profit vos lumières, demandé vos conseils, réclamé l'aide de votre science. Quand nous travaillons à cette tâche qui est la tâche principale de l'Académie française, et qui, toujours accomplie à la satisfaction publique, sera néanmoins toujours à recommencer, le *Dictionnaire de la langue française,* nous vous avons au milieu de nous, nous vous consultons sans cesse et presque toujours votre avis devient le nôtre. Votre dictionnaire, depuis bien des années, est comme un quarante-unième académicien, académicien muet et qui cependant a réponse à presque toutes les questions. A partir d'aujourd'hui, Monsieur, il y aura réponse à toutes les questions.

En effet, vous êtes un des grands serviteurs de la langue française. Vous avez bien mérité de ce noble idiome que les âges voient se transformer peu à peu, je ne dis pas se défigurer, jusqu'à présent du moins. Pendant que l'Académie, à chaque demi-siècle, revise le progrès de la langue, le constate, le tempère sans prétendre l'arrêter, vous, Monsieur, revenant en arrière, vous avez envisagé toute l'histoire si compliquée et déjà si vieille de notre idiome; vous prenez chaque mot à sa source et vous le suivez à travers les formes diverses et les acceptions différentes que chaque siècle et les grands écrivains de chaque siècle lui ont données. Notre dictionnaire à nous est fait pour tous ; c'est le manuel de tout Français qui veut parler correctement sa langue, de tout étranger qui veut savoir la nôtre. Votre lexique est pour ainsi dire un commentaire de celui de l'Académie, commentaire destiné au savant, au philosophe, à l'historien, à tous ceux à qui il ne suffit pas de savoir leur idiome, mais qui veulent savoir l'origine, l'histoire, la raison de leur idiome. Vous êtes le scoliaste de l'Académie comme Aristarque a été le scoliaste d'Homère.

Vous aviez déjà fait un autre don à la langue française, vous aviez fait parler notre idiome à quelques-uns des grands écrivains de l'antiquité. Je ne dirai pas, comme on disait au XVIIe siècle, que vous les avez habillés à la française; c'est ainsi qu'on traduisait alors; ce n'est plus ainsi que l'on traduit aujourd'hui. A Hippocrate et à Pline, vous avez conservé, autant qu'il était possible dans un idiome moderne, leur figure antique; et, en même temps, dans une lumineuse introduction, vous avez apprécié ces deux génies : l'un savant si profond, l'autre compilateur instruit et littérateur éloquent; l'un qui, dès le début de la science, lui a ouvert un horizon si vaste, et à qui, après vingt siècles, l'esprit moderne demande encore des lumières; l'autre qui, au déclin de la science, en a réuni toutes les notions, toutes les traditions, tous les souvenirs, je puis même dire toutes les rêveries, pour les conserver et les transmettre par-dessus les crises et les orages de l'avenir aux mains d'une lointaine postérité. Le médecin et l'érudit ont à vous remercier du service que vous leur avez rendu par ce labeur, surtout en ce qui touche cette collection hippocratique que, dans votre travail préliminaire, vous avez soumise à une critique si intelligente et si laborieuse. Mais permettez qu'ici, à l'Académie française, nous retournions à notre amie et à la vôtre, la langue française.

Votre dictionnaire, en effet, ce labeur si important, a dû suivre ou amener bien d'autres labeurs du même genre. Il ne pouvait vous suffire d'étudier un à un les mots de notre langue, de recueillir débris par débris ce que nous ont laissé les idiomes des temps passés, comme le géologue recueille dans les cavernes et au fond des lacs les fragments d'une végétation disparue et d'un monde qui a péri. De même qu'avec ces débris de plantes et d'ossements épars, le géologue cherche à reconstruire la flore ou la faune des siècles écoulés ; de même ces fragments de notre vieille langue, épars dans la langue nouvelle, vous ont fait rechercher, reconstruire, étudier, aimer notre vieille langue. En remontant le sentier de nos origines, vous êtes arrivé au temps où le langage de nos contrées était tout autre et ne peut pas encore être appelé la langue française. Vous avez cherché à fixer le jour où les idiomes précédents ont fini, où notre langue a commencé ; vous avez montré le point de division entre les langues qui se mouraient et celles qui venaient de naître ; vous avez fait l'état civil de notre idiome ; vous nous avez dit le jour de sa naissance et sa filiation.

Mais, dans ce travail, votre marche était autrement sûre que celle du géologue. Les révolutions du sol ne lui ont laissé, à lui, que de muets témoins; nulle intelligence humaine ne les a vues ou du moins nulle intelligence humaine ne nous les raconte, et le passé de notre globe demeure et demeurera peut-être toujours à l'état de problème. Vous, au contraire, vous avez des témoins; les langues qui ne sont plus sur les lèvres humaines sont encore sur le parchemin et sur la pierre; et vous avez pu raconter les révolutions du langage presque avec autant de certitude qu'on raconte les révolutions des empires.

Vous avez vu, avec l'œil perspicace de l'homme accoutumé à suivre cette sorte de végétation, vous avez vu germer, puis éclore, puis grandir les quatre rejetons qui sont sortis presque simultanément et sous les mêmes influences du tronc latin et qui couvrent aujourd'hui l'Europe occidentale : langue italienne, langue espagnole, et nos deux idiomes français, la langue d'oc et la langue d'oil. Cette floraison ne vous a pas semblé une décadence. Vous les aimez, ces langues de l'Europe chrétienne, à l'égal au moins de leur mère, la langue de la grande cité païenne. Vous êtes frappé (et, grâce à la lucidité de votre critique, nous le sommes après vous) des caractères communs qu'elles ont avec leur mère dont le vocabulaire est presque en entier devenu le leur, et en même temps des caractères qui les séparent de leur mère et qui leur sont communs entre elles. Ces caractères, il serait trop long de les énumérer ici; mais je me permets d'en ajouter un à ceux que vous remarquez : c'est l'emploi de ce petit mot *oui*, chez nous modernes si usuel et si nécessaire, si absolument inconnu aux anciens. Ne dirait-on pas quatre filles dont l'air de famille n'empêche pas les différences?

> Facies non omnibus una
> Nec diversa tamen, qualem decet esse sororum.

Elles ont gardé les traits et le costume maternel, mais elles se sont entendues pour y ajouter certaines parures et les mêmes parures, et sur l'un de ces joyaux, le même pour toutes, chacune a écrit son nom : langue de *Si*, langue d'*Oc*, langue d'*Oui*, vous savez que c'est ainsi que l'on distinguait nos langues, et vous vous rappelez que Dante, désignant le pays de Bologne, le caractérise par le mot correspondant de son dialecte (*dove* SIPA *si dice*).

Il y a là un problème et des conjectures sur lesquelles je serais bien tenté de m'arrêter. C'est ma lecture d'hier, et vos pages m'ont vivement frappé.

Mais ce qui n'est ni problématique ni conjectural quand on vous a lu, c'est le mérite, la richesse, la régularité de ces langues du moyen âge, supérieures par bien des côtés à leur mère la langue de Rome, par certains côtés supérieures à leurs filles les langues modernes. Je ne dirai pas que vous me les avez enseignées ; non, je ne suis à votre école qu'un bien faible écolier ; mais vous me les avez déjà fait aimer, vous m'avez fait aimer surtout notre vieille langue, la langue des chansons de Gestes et la langue des trouvères (car je ne veux pas aborder ici celle des troubadours). Vous la connaissez si bien ! Vous expliquez si bien, par un mécanisme pourrait-on dire infaillible, comment la parole latine, soumise à ce singulier travail de décomposition et de recomposition qu'une accentuation nouvelle lui faisait subir, s'est régulièrement transformée ; comment tel mot s'est forcément changé en tel autre ; tout cela sans hasard, sans rien de fortuit, par une loi inexplicable peut-être dans sa cause première, mais invariable dans ses résultats ! Vous auriez pu, si le ciel vous eût fait vivre au VIIIe siècle et vous eût révélé cette loi, prédire et d'avance fabriquer la langue du Xe siècle.

Et, tout au contraire, lorsqu'au XVIe siècle la langue a subi une espèce de refonte scientifique, qui y a transporté sciemment et doctement des éléments latins et grecs, c'est bien plutôt alors que la langue s'est faite au hasard. On n'a plus tenu compte de l'accent dont vous appréciez toute la valeur ; on a méconnu les perles que l'on possédait et on a mis parfois de fausses perles à la place. Avec le fil conducteur que vous mettez en nos mains, nous prenons notre lexique et nous pouvons dire tout de suite quel mot nous est venu de nos aïeux, marqué pour ainsi dire de leur sceau, quel mot au contraire est une pure interpolation des savants et n'a pas passé par le gosier populaire. Et c'est ainsi que s'est formée, dans la serre chaude de la science, notre langue des XVIIe et XVIIIe siècles, plus riche peut-être, mais plus sèche ; plus solennelle, moins régulière ; plus compréhensive, moins harmonieuse ; cette langue dont, comme moi, vous admirez les chefs-d'œuvre, mais non sans quelque regret pour la langue sa mère.

Et du reste cette langue mère, elle aussi, a ses chefs-d'œuvre, ou du moins ses grandes œuvres. Il est vrai, ce n'est pas à notre France qu'est échu l'Homère du moyen âge, cet Homère chrétien, plus grand, oserai-je dire, que le premier, au moins par son sujet; car son poëme est le poëme de l'éternité et son épopée est l'épopée nationale de la race humaine. Mais si, nous Français, nous n'avons pas eu parmi nous le plus grand poëte, nous avons eu parmi nous les plus anciens poëtes du monde renouvelé. Nos chansons de Gestes, notre Charlemagne, notre Arthur, celui-ci emprunté, il est vrai, à la légende d'une autre race, mais vivifié par nous, ont été pendant quatre siècles l'épopée commune de l'Europe chrétienne, le sujet favori de ses chants. Les nationalités, parlons français, les nations étaient alors moins rigoureusement délimitées qu'elles ne l'ont été depuis; les frontières n'étaient pas gardées par une douane aussi exacte; la chrétienté de ce temps était une société internationale, un peu différente de celle de nos jours. Aussi nos chants français de ce temps ont-ils parcouru toute l'Europe, ils ont été traduits, même en Allemagne. Une première fois donc, à l'époque de Philippe-Auguste et de saint Louis, plus peut-être et d'une façon certainement plus durable qu'en d'autres temps, la France a été la nation maîtresse, par la langue et la poésie, du monde civilisé; et cela jusqu'à ces siècles de déclin, le XIVe et le XVe, où notre poésie est devenue surtout narquoise, satirique, railleuse. La satire connaît des frontières, la vraie poésie n'en connaît pas.

Voilà, Monsieur, ce que j'ai appris en vous lisant. Vous m'avez révélé encore que cette langue que nous appelions barbare était sujette à des règles et à un enseignement grammatical; que cette poésie avait sa prosodie régulière, si bien qu'avec votre admirable sagacité, la prosodie vous révèle la prononciation, la prononciation l'accent, l'accent l'étymologie. Vous m'avez fait voir cette poésie si naturellement épique qu'en traduisant un chant d'Homère dans la langue du XIIIe siècle, vous donnez du poëte de Chios une version plus heureusement littérale que ne pourra jamais la donner notre versification moderne. Ces quatre langues sœurs, si merveilleusement adaptées aux besoins de quatre peuples qui alors étaient frères; cette fleur de poésie ainsi répandue sur toute l'Europe et qui, pour être née sur le sol français, n'en était pas moins la bienvenue en Italie, en Allemagne, en Angleterre; tout cela, ce n'est pas de la barbarie. Et, lorsque ailleurs, comparant au sénateur Pline le moine Vincent de Beauvais, vous constatez que, « de ce contemporain de Vespasien à ce contemporain de saint Louis, les connaissances humaines n'avaient subi aucun déclin et que le dépôt en était resté intact »; que le moine, au contraire, était témoin de plus d'un progrès étranger au sénateur; que, de son temps, la boussole était connue, la numération décimale usitée; qu'il vivait déjà entouré des chefs-d'œuvre d'un art qui ne devait rien à l'art antique; que les communes étaient en voie de s'affranchir; qu'enfin l'esclavage avait été aboli : tout cela suppose, vous nous le dites, une grande civilisation; employons un terme moins vague, une grande autorité morale qui avait enseigné la fraternité à ces peuples, façonnés par Rome païenne à l'obéissance, non à l'amour; une grande action morale qui s'était servie sans doute des éléments de la science et de la sagesse antique, mais les avait singulièrement dépassés. « Tout compensé, dites-vous avec une entière justice, le moyen âge est en progrès social et politique sur l'antiquité. »

Le moyen âge n'est donc pas pour vous un pur chaos, un ténébreux passage entre la lumière et la lumière; la transformation chrétienne du monde ne vous semble avoir été ni un pas rétrograde ni un malheur. Vous avez trop vécu avec nos aïeux pour ne pas leur rendre cette justice; vous savez bien que ni la vieille Rome ni la Grèce homérique n'ont rien d'équivalent à cette morale chevaleresque que les chanteurs du moyen âge ont, non pas créée, mais propagée; à ce respect envers le sexe faible parce qu'il est faible (l'honneur est dû au plus faible, selon l'apôtre), et par suite à cette dignité, cette pureté, cette gloire virginale et maternelle qui appartient à la femme chrétienne. A cet égard, vous avez su rompre sans crainte avec le XVIIIe siècle, si peu historique et si peu juste.

En tout ceci, dans cette justice rendue à notre histoire, dans cet amour de notre langue et même de notre vieille langue, dans ce labeur sagace et infatigable, vous aviez eu pour prédécesseur, je puis dire pour maître, celui qui fut aussi votre prédécesseur à l'Académie, M. Villemain. Je m'imagine qu'ils n'ont pas été sans influence sur vous, ces cours de littérature où, après avoir, avec son admirable goût et son inépuisable mémoire, étudié tant de monuments de notre langue moderne, il en vint aux monuments de notre vieux langage, et à ces premières littératures chrétiennes dont l'étude alors avait à peine été défrichée par M. Raynouard. Ces cours étaient alors si populaires, si aimés de la jeunesse! Tout ce que je viens de dire d'après vous, M. Villemain l'avait touché, d'une main moins sûre, il est vrai, au nom d'une érudition encore vacillante et moins avancée que la vôtre, mais avec un si grand goût, avec tant d'amour, avec un sentiment à la fois si délicat et si impartial de tout ce qui est beauté intellectuelle ou beauté morale! Vous avez dû être un des auditeurs enthousiastes de la Sorbonne avant de devenir l'explorateur infatigable des vieilles archives de notre langue.

C'était une belle époque, n'est-ce pas, Monsieur? Non-seulement nous étions jeunes; car votre âge, si je ne me trompe, ne diffère pas beaucoup du mien. Mais encore le siècle était jeune; mais notre pays était jeune, sorti enfin des sanglantes ignominies de la Terreur et des gloires ensanglantées de la guerre; ayant et la paix, et l'honneur, et l'espérance, ces trois biens que nous avons vus si rarement réunis; possédant, et pour longtemps, nous l'espérions, avec la royauté des siècles passés, la liberté des temps nouveaux. La politique était grave; elle l'est et le sera toujours; mais cependant ces nuages sinistres, ces doctrines étranges et menaçantes que nous avons vues surgir quelques années plus tard, n'assombrissaient pas encore notre horizon. Et de plus, sur ses épaules meurtries par tant de luttes, le pays se complaisait à jeter le manteau de pourpre que lui tressaient une littérature, un art, une poésie nouvelle. Sous cette poussière et ces ruines accumulées par les sophismes du XVIIIe siècle et par le vandalisme de 1793, on fouillait avec amour, et on retrouvait en fait d'art, en fait d'œuvres poétiques, en fait de souvenirs nationaux, des merveilles que les générations précédentes n'avaient pas toujours appréciées. On se remettait à aimer le passé, à le connaître, à lui rendre cette justice que vous lui rendez ; et, comme le passé, c'est toujours la poésie, on se remettait à aimer la poésie, une poésie nouvelle que la France ne connaissait plus, qu'André Chénier lui eût fait connaître, si la poésie d'André Chénier n'eût été étouffée par la main du bourreau. André Chénier revivait, plus suave et plus éclatant, sans parler de bien d'autres, dans notre Lamartine.

Et, pour en revenir à M. Villemain, quel théâtre c'était que cette Sorbonne, plus suivie que ne le sont aujourd'hui bien des cours savants et même bien des théâtres ! Où voit-on aujourd'hui quelque chose de pareil à ces ovations, politiques ou littéraires, peu importe, qui accueillaient M. de Chateaubriand et le général Foy, venus, modestes auditeurs, s'asseoir au pied de la chaire de M. Villemain ? Trois noms que je n'ai pas besoin de prononcer reviennent tout de suite à la mémoire : l'un, celui de votre glorieux prédécesseur ; l'autre, celui de ce philosophe, cet orateur, cet historien dont la perte nous semble d'hier, tant nous aurions aujourd'hui besoin de lui ! Et enfin, un autre nom, qu'il nous est encore moins permis de répéter puisque, grâce à Dieu, celui qui le porte est au milieu de nous, avec une expérience plus longue, et en même temps avec toute cette verdeur de la pensée, cette sagacité de l'historien et cette dignité du sens moral que nos jeunes mains ont applaudie dans la chaire de 1828.

Vous avez énuméré, Monsieur, et vous avez apprécié bien mieux que je ne saurais le faire, les travaux littéraires de M. Villemain ; ces travaux auxquels, dès les premiers jours, la célébrité s'est attachée, qui ont été continués à travers tant de fortunes diverses, tant de devoirs pénibles quoique glorieux, mais toujours scrupuleusement accomplis, et qui ont été continués jusqu'à la dernière heure. Quel est donc le jour où M. Villemain a cessé de lire, d'écrire, de penser ? Quel repos y a-t-il eu pour cette âme infatigable pour qui le labeur de l'intelligence était et un besoin et une joie ? Nul homme de lettres ne fut jamais plus homme de lettres que ne l'a été M. Villemain ; jamais le sentiment littéraire n'a été porté plus haut ; jamais la vie intellectuelle n'a plus complétement dominé toute une vie. Il a eu beau être homme d'État, orateur parlementaire, ministre ; en lui, l'homme de lettres a toujours surnagé ; au-dessus de sa bannière politique se sont maintenus les goûts et les souvenirs de sa vie littéraire, un peu comme ces chevaliers du moyen âge dont nous parlions tout à l'heure faisaient flotter même au-dessus du drapeau de leur suzerain le nœud aux couleurs de leur dame. M. Villemain était littérateur, comme les grands artistes sont artistes : l'art n'est pas seulement leur occupation, mais leur vie; partout où l'art se rencontre, ils vont à lui; chaque fois que, sous une forme quelconque, à un détour quelconque du chemin de la vie, la beauté artistique leur apparaît, leur œil s'éveille et leur cœur bat. Ce que d'autres sont pour les tableaux et les statues, M. Villemain l'était pour les livres, pour la pensée écrite, pour la pensée parlée; il la savourait sous toutes les formes; il l'aimait dans toutes les langues. Quel est donc le grand poëte, le grand orateur, le grand écrivain, qu'il n'ait pas loué, loué avec amour et loué dignement?

Aussi était-il merveilleusement choisi pour tenir la plume et porter la parole au nom de cette Académie. Des trente-six ans pendant lesquels il a été notre secrétaire perpétuel, je n'ai vu, hélas! que bien peu de jours, et j'ai pu apprécier cependant combien la délicatesse ingénieuse et au besoin finement critique de sa parole l'avait à bon droit désigné pour cette fonction. Ses rapports sur les concours dont la forme, habilement variée, fait si bien oublier l'inévitable monotonie du fond; ses procès-verbaux eux-mêmes où, en copiant la pensée d'autrui, il la copie d'une manière à la fois si fidèle et si heureuse, resteront dans nos archives, comme des modèles qui ont pu être égalés, nous le savons, mais que nul n'aura la prétention de dépasser. L'Académie française, le corps le plus essentiellement littéraire qui soit au monde, était dignement représentée par M. Villemain, l'homme le plus essentiellement littéraire qui fût en France.

Mais prenons-y garde, je comparais tout à l'heure les lettres aux arts, l'écrivain à l'artiste. Il y a cependant cette différence que l'art ne touche que de loin aux côtés sérieux de la vie ; les lettres y touchent de plus près. La littérature, si aimée qu'elle fût de M. Villemain, n'était pas aimée de lui pour elle seule; il acceptait au besoin le nom de rhéteur, mais il n'y avait en lui rien de ces rhéteurs du bas empire, satisfaits de leur phrase pourvu qu'elle fût sonore, soutenant indifféremment le pour et le contre, et posant des couronnes sur le front de la vérité ou sur le front de l'erreur, peu leur importait; les couronnes étaient si belles ! Au contraire M. Villemain ne faisait point de l'art pour l'art ; la littérature, disons mieux, la poésie et l'éloquence étaient pour lui deux grands instruments, donnés de Dieu à l'homme pour un but utile, noble, saint ; instruments de mort ou de vie, de ruine ou de salut pour l'homme, pour la nation, pour l'humanité. Lui, ne sépara jamais la forme du fond ; jamais il n'applaudit à la seule élégance des mots, sans pousser plus loin et sans se demander s'ils disent vrai. De là, ses préférences, inclinant le plus souvent vers la littérature la plus sérieuse. En Italie il rencontre Dante et comme vous il s'attache à ce grand poëte incontestablement le plus sérieux de tous les poëtes. En Angleterre, l'éloquence politique l'attire, malgré une forme souvent imparfaite, rude quelquefois : mais il voit l'homme dans l'orateur, il voit le cœur du patriote, la sagesse de l'homme d'État ;

cette littérature du parlement, si on veut l'appeler ainsi, contient en elle le bonheur ou le malheur, le progrès ou le déclin, la liberté ou la servitude de l'Angleterre, même de l'Europe. Aussi quel Français avant lui avait parlé comme il le fait de Pitt, de Fox, de Burke, d'Erskine? Dans les temps anciens, même après avoir si bien lu et compris Cicéron, Sénèque, Marc-Aurèle, sur qui s'arrête-t-il avec plus d'amour? Sur les Pères de l'Église, saint Basile, saint Jean Chrysostome, saint Augustin, saint Ambroise. Ces noms-là reviennent sans cesse sous sa plume, et je me rappelle un passage où il parle des longues veilles, pleines de fatigue et de délices, qu'il consacrait à feuilleter ces pages plus aimées de lui que toutes autres; il les aimait, non qu'elles fussent plus belles, mais parce qu'il les savait plus salutaires et plus vraies.

En effet, quand vous applaudissez avec tant de justice à la transformation du monde entre le VIe et le XIIIe siècle, ne vous demandez-vous pas quelle en fut la cause première? Si, à l'origine et au-dessus de ces grandes choses, il n'y a pas eu une vérité suprême, immuable, éternelle? Si la vérité absolue n'existe point, ou si l'intelligence humaine est éternellement incapable de la saisir? Si le besoin qu'elle a de vérité doit être éternellement trompé? Et quel abîme, plein de désespoir et de ténèbres, ce serait que la vie humaine, si elle ne connaissait rien que de changeant et de successif, et si, dans l'ordre de la pensée, elle ne pouvait s'appuyer sur rien de plus grand, de plus durable, de plus certain qu'elle-même?

Il y a là des questions que je ne veux pas toucher, encore moins discuter. Vous ne l'ignorez point, du reste : c'est le littérateur, le philologue, l'écrivain, que l'Académie couronne en vous nommant ; ce n'est pas le penseur ni le philosophe ; je ne dis pas le métaphysicien, ce titre ne vous plairait point.

Je ne rappellerai qu'en passant une absence, je ne veux pas dire une retraite, objet pour moi d'un regret personnel que mon cœur d'ami ne saurait taire. Mais laissez-moi vous le dire, Monsieur. Ce n'est pas seulement ici un académicien qui répond à un académicien ; c'est une âme sincère qui parle à une âme sincère ; elle a besoin de s'expliquer et elle est sûre qu'elle n'offense pas. Vous avez cru que la science, c'est-à-dire la science des faits, la science des choses visibles, devait suffire à l'humanité ; vous avez interdit à l'homme d'aller au delà. Ce travail naturel et logique qui des choses visibles s'élève aux choses invisibles et qui est le labeur propre et la plus haute mission de notre raison, avec un stoïcisme impitoyable, vous avez cru devoir le supprimer ; vous avez mis en interdit l'intelligence humaine. Mais, soyez-en sûr, Monsieur, pour le bonheur de l'humanité, vous ne la déferez point ni ne la referez. L'humanité restera avec ses instincts qui ont besoin de la terre, mais qui ont besoin aussi d'autre chose que de la terre. La science strictement bornée à l'élément matériel, cette science toute sèche qui étudie les faits sans remonter à la Cause suprême, ne suffira jamais à contenter l'humanité. Il faut à l'homme un autre exercice et une autre satisfaction pour sa raison, d'autres consolations pour sa vie, d'autres espérances pour ses douleurs, d'autres fleurs pour honorer le tombeau de ses pères, d'autres chants à chanter sur le berceau de ses petits enfants. Il l'a bien éprouvé, celui-là même que vous appelez votre maître et dont vous avez écrit l'éloge (il faut que votre modestie me permette de vous dire que je mets le panégyriste bien au-dessus du héros) ; Auguste Comte a éprouvé, dans la dernière période de sa vie, ce que vous appelez une réaction mystique, étrange et confuse, il est vrai, où il se faisait grand-prêtre, célébrait un culte (un culte sans Dieu!) et passait des jours à lire, en même temps que les œuvres de certains poëtes favoris, l'*Imitation de Jésus-Christ.* Vous-même, vous trahissez, malgré vous, cette inquiétude du génie humain auquel ce qu'il voit et ce qu'il touche ne saurait suffire, lorsque, dans de beaux vers (car vous avez fait des vers même dans la langue d'aujourd'hui), vous invoquez la terre à défaut d'autre Divinité ; vous voudriez la suivre, « plein, dites-vous, d'extase et d'effroi » ; vous voudriez « sentir sous vos pieds l'abîme et son mystère » et vous êtes désolé de ne rencontrer que «des soleils sans nombre » :

. . . . Vains atomes,
Perdus dans les royaumes
Et du vide et du froid.

Non, Monsieur, tout n'est pas si vide ni si froid. Il y a quelque chose, et quelque chose de perceptible, au-delà de la science purement matérielle. Ce n'est pas un

Père de l'Église ni un philosophe que je vais vous citer; ce n'est, rassurez-vous, ni un théologien ni un métaphysicien; ni saint Augustin ni Platon. C'est tout simplement l'homme du peuple, le comédien, mais aussi le grand penseur, Shakspeare. Vous vous rappelez ce mot : « Il y a plus de choses au ciel et sur la terre, Horatio, que ne peut en rêver votre philosophie, » à plus forte raison votre biologie et votre physiologie. L'imagination, la raison même, ne sont pas si courtes que la science. Cette vérité inpalpable qui ne se révèle pas dans le laboratoire du chimiste, cette inconnue qui disparaît au fond des alambics et se cache hors de la portée des télescopes, cette x qu'aucune recherche expérimentale ne parviendra à dégager; nous, plébéiens de la science, nous la connaissons et nous l'appelons Dieu !

Plébéiens de la science ! Mais pourquoi prononcer ce mot? Est-ce que, parmi ces intelligences que l'on juge inférieures, il ne faut pas compter les plus illustres savants des siècles passés, Newton, Euler, Leibnitz, Descartes, Pascal, Linné ; et les plus illustres aussi de notre siècle, Cuvier, Ampère, Biot, Blainville, Flourens, Récamier, et tant d'autres qui sont encore au milieu de nous et dont les noms que je ne dois pas prononcer retentissent encore sous ces voûtes ? Non, ce n'est pas un modeste écrivain comme moi, c'est toute la science d'autrefois et la science d'aujourd'hui, qui, par ses noms les plus glorieux, proteste contre la science d'Auguste Comte.

Vous terminez, Monsieur, par un souvenir patriotique des malheurs de notre France. Il y a vingt-deux ans, à une époque déjà bien troublée, de généreuses illusions remplissaient votre âme. Vous voyiez alors, dans un avenir peu éloigné, la guerre rendue presque impossible, les armées réduites à quelques volontaires, les révolutions devenant de plus en plus clémentes et magnanimes, la destinée des nations confiée sans péril aux prolétaires des grandes cités; les barbares du Nord seuls vous inquiétaient, mais vous comptiez pour les repousser sur l'alliance de la France, de l'Italie et de l'Allemagne. Noble confiance que, même avant nos derniers malheurs, vous avez été amené à rétracter! Le progrès du siècle, hélas! n'a rendu ni la guerre moins inévitable, ni la force militaire moins écrasante, ni les révolutions plus miséricordieuses, ni les prolétaires parisiens plus capables de gouverner la France, ni enfin l'Allemagne plus amie, ni l'Italie plus reconnaissante. Mais, sans nous arrêter à ce qui nous attriste et nous abat, pensons aussi à ce qui nous honore et nous relève. L'énumération pourra en être longue; mais votre patriotisme ne s'en plaindra pas. Un certain jour, vous avez adopté un mot que notre dictionnaire n'accepte point; comme philologues nous l'aimons peu, comme moralistes nous ne pouvons nous empêcher de l'aimer. C'est le mot d'*altruisme*, opposé au mot d'*égoïsme*, et que du reste on peut traduire par les mots de dévouement et de charité. Ces *altruistes*, ces hommes dévoués, ces âmes charitables, grâce à Dieu, ne manqueront jamais à notre pays. Notre armée en a eu par milliers; vieux soldats à qui le péril de la patrie avait rendu leur épée; jeunes volontaires devenus soldats pour un jour, le jour du combat et de la mort; et je sais telle école qui a pu remplir tout un volume des noms de ses jeunes élèves morts au champ d'honneur (1). Telles étaient aussi ces nobles victimes récompensées d'une vie de dévouement par la captivité et l'assassinat, ces soldats, ces gendarmes, ces prêtres, ces dominicains, ces jésuites (j'aime à appeler les choses et les hommes par leur nom), ce pontife et ce chef de la magistrature qui, marchant à la mort appuyés l'un sur l'autre, étaient un emblème de l'alliance entre la patrie et l'Église. Tel a été ailleurs ce généreux Henri de l'Espée, rencontrant la mort dans la cité à laquelle il allait porter son dévouement. Tels sont encore ces frères des Écoles chrétiennes, courageux infirmiers auxquels, après avoir parcouru la longue liste des dévouements civiques, l'Académie a tout d'une voix décerné la palme du dévouement; instituteurs consciencieux et intelligents auxquels vous, Monsieur, vous avez si noblement rendu une justice dont nous vous remercions. Tels sont aussi ces jeunes officiers qui versaient hier leur sang pour le pays et aujourd'hui vont consoler, instruire, encourager l'ouvrier et le pauvre; et enfin ces modestes lauréats qu'ici, au nom de M. de Montyon, nous couronnons chaque année avec tant de joie, ces humbles servantes, ces obscures chrétiennes, ces pauvres, bienfaiteurs des

(1) *Souvenirs de l'École Sainte-Geneviève. — Notice sur les élèves tués à l'ennemi*, par le R. P. Chauveau, de la Compagnie de Jésus; Paris, 1872.

pauvres. Je dois l'avouer, ce n'est pas la philosophie positive qui a inspiré leur dévouement, pas plus qu'elle n'a inspiré cet humble caporal qui, tombant sur le champ de bataille, dit à son camarade : « Je vais au ciel, prie pour moi, je prierai pour toi. » Non, ils ont puisé leur dévouement à une source plus haute, j'ajoute, plus vraie ; mais vous ne les en aimez pas moins, Monsieur, j'en suis sûr.

Je sais qu'ici vous serez de mon avis. Il s'agit de générosité et de patriotisme. Assez de voix s'élèvent pour nous rabaisser ; assez de passions infimes nous font redescendre vers la terre ; assez d'humiliations et de doutes nous ont énervés ; assez de rancunes encore non satisfaites, de triomphantes ironies, de dédaigneuses curiosités poursuivent au dehors notre pauvre France ; assez de passions haineuses et cupides la déchirent au dedans. Laissons cela, aimons tout ce qui peut nous ennoblir et nous relever. Ne craignons pas que notre horizon soit trop vaste, notre ciel trop lumineux et trop pur. Mettons bien haut notre amour, notre culte, notre Dieu, afin de forcer notre cœur à s'élever et à s'ouvrir. De trop de côtés, on nous dit : Les cœurs en bas, *Corda deorsum !* Aimons toutes les voix qui nous disent : *Sursum corda*, les cœurs en haut !

Paris. — Typographie Georges Chamerot, rue des Saints-Pères, 19.

www.ingramcontent.com/pod-product-compliance
Ingram Content Group UK Ltd.
Pitfield, Milton Keynes, MK11 3LW, UK
UKHW022137190726
13855UKWH00003B/1192

9 782013 071567